Leo, el retoño tardío

POR ROBERT KRAUS   ILUSTRACIONES DE JOSE ARUEGO
TRADUCCIÓN DE TERESA MLAWER

LECTORUM
PUBLICATIONS, INC.

LEO, EL RETOÑO TARDÍO

ISBN-13: 978-1-930332-02-7

Printed in Singapore
12 11 10 9 8   46

Kraus, Robert, 1925-
    [Leo the late bloomer. Spanish]
    Leo, el retoño tardío/Robert Kraus; ilustrado por Jose Aruego;
traducido por Teresa Mlawer.
        p. cm.
    Summary: Leo, a young tiger, finally blooms under the anxious eyes
of his parents.
    ISBN 1-880507-38-2 (alk. paper)
    [1. Tigers—Fiction.   2. Spanish language materials.] I. Aruego,
Jose, ill. II. Mlawer, Teresa. III. Title.
    [PZ73.K68   1988b]
    [E]—dc21

                                                           97-32326
                                                              CIP
                                                               AC

A Ken Dewy

J.A.

A Pamela, Bruce
y Billy

R.K.

Leo no sabía hacer nada bien.

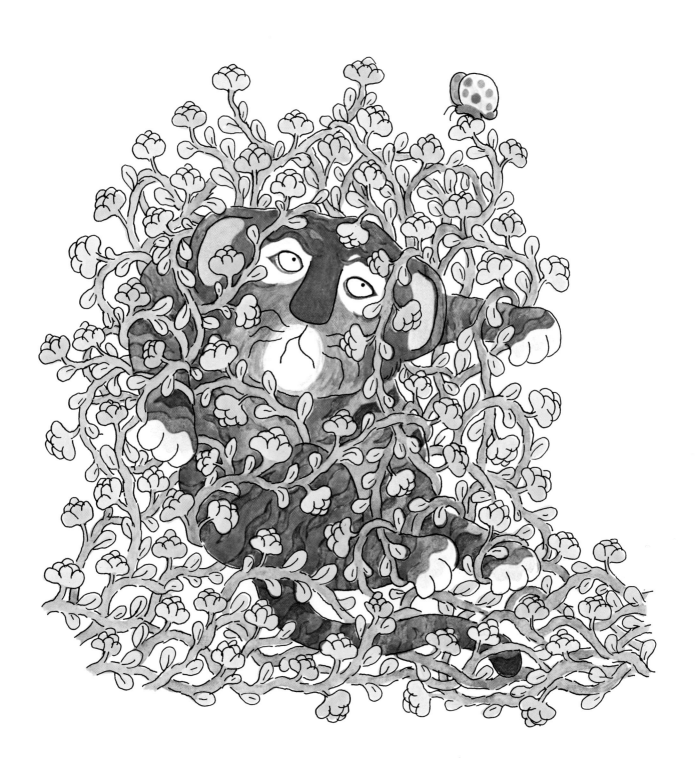

No sabía leer.

No sabía escribir.

No sabía dibujar.

No sabía comer solo.

Y no decía ni una sola palabra.

—¿Qué le pasará a Leo? —preguntaba Papá.

—Absolutamente nada —contestaba Mamá—.
Leo es, sencillamente, un retoño tardío.

"Más vale tarde que nunca", pensaba Papá.

Todos los días el papá de Leo lo observaba de cerca, esperando ver alguna señal de que comenzaba a florecer.

Y lo mismo hacía todas las noches.

—¿Estás segura de que Leo va a florecer?
—preguntaba Papá.
—Ten paciencia —contestaba Mamá—.
Si lo vigilas todo el tiempo, nunca florecerá.

El papá de Leo se puso a ver la televisión
en vez de observar a Leo.

Llegó el invierno y el suelo se cubrió de nieve.
El papá de Leo ya no lo vigilaba,
pero Leo no florecía.

Llegó la primavera y los árboles florecieron.
El papá de Leo seguía sin vigilarlo,
pero Leo continuaba sin florecer.

Entonces, un día,
a su debido tiempo,
¡Leo floreció!

¡Era capaz de leer!

¡Podía escribir!

¡Podía dibujar!

¡Y aprendió a comer solo!

También, un buen día, habló.
Y no dijo únicamente una palabra,
sino una oración completa...

¡Lo logré!